LOS TRES PEQUEÑOS JABALÍES

THE THREE LITTLE JAVELINAS

escrito por/written by
Susan Lowell

ilustrado por/illustrated by
Jim Harris

Luna Rising

Para Anna, solamente para ella

For Anna, all by herself

Text © 1992 by Susan Lowell
Illustrations © 1992 by Jim Harris
Spanish translation © 1996 by Northland Publishing
All rights reserved.

www.lunarisingbooks.com

The illustrations were done in watercolor, gouache, and colored pencils on Strathmore rag bristol board
The text type was set in Fritz Quadrata/Minion. The display type was set in Lithos.

Printed in China

First English/Spanish Impression, August 1996

ISBN 10: 0-87358-661-0
ISBN 13: 978-0-87358-661-0
ISBN 13: 978-0-87358-955-0

Library of Congress Catalog Card Number 96-2963

Lowell, Susan, 1950-
[Three little javelinas, Spanish & English]
Los tres pequeños jabalies / por Susan Lowell; illustrado por Jim Harris = The three little javelinas ;
by Susan Lowell; illustrated by Jim Harris.
p. cm.
Summary: A southwestern adaptation of "The three little pigs."
ISBN 0-87358-661-1 (hc)
[Pigs—Fiction. 2. Coyotes—Fiction. 3. Southwest, New—Fiction. 4. Spanish language materials—Bilingual.]
[I. Harris, Jim, 1955- ill. II. Three little pigs. Spanish. III. Title.
[PZ73.I.L73 1996]
[E]—dc20   96-2963

Printed in Huizhou, Guangdong, PRC, China May 2013

Este cuento es una adaptación del sudoeste de una fábula conocida: gusto picantoso de "Los tres cochinitos." Los jabalíes son parientes de los cerdos (pero no son verdaderos cerdos) que habitan desde el sudoeste de los Estados Unidos hasta el extremo de Sudamérica. Los jabalíes son excepcionalmente cerdosos—muy peludos en su bar, bar, barbilla. Por extraño que parezca, también son parientes del hipopótamo.

Este cuento ocurre en el desierto de Sonora, donde las culturas de los nativoamericanos, los mexicanos y los angloamericanos se mezclan. Al escoger una traducción en español para Los tres pequeños jabalíes, *hemos hecho todo el esfuerzo posible para capturar el espíritu juguetón de la versión original, en un dialecto que es accesible para el lector de habla español de todas partes. Sin embargo, donde fue posible o necesario, las palabras seleccionadas reflejan que las raíces del cuento forman parte del sudoeste americano.*

This is a southwestern adaptation of a familiar folktale: a chile-flavored "The Three Little Pigs." Javelinas are New World relatives of swine (but not true pigs) that range from the southwestern United States down to the tip of South America. Javelinas are extremely bristly—very hairy on the chinny-chin-chin. Oddly enough, they are also related to the hippopotamus.

This story takes place in the Sonoran Desert, where Native American, Mexican, and Anglo cultures blend together. In choosing a Spanish translation for The Three Little Javelinas, we have made every effort to capture the fun spirit of the original version, in a dialect that is accessible to Spanish-speaking readers of all backgrounds. However, where possible or necessary, the word choices reflect the story's roots in the American Southwest.

HABÍA UNA VEZ, *desierto adentro, dos pequeños jabalíes que tenían una hermana, la jabalinita. Los jabalíes son animales salvajes, de pelo duro, primos de los puercos. Sus cabezas están cubiertas de duras cerdas, que también cubren sus lomos y delgadas patas, hasta las pezuñas pequeñas y duras. Pero sus hocicos son suaves y rosados.*

Un día, los tres jabalíes salieron a buscar fortuna. En el desierto caliente y seco, el cielo estaba casi siempre azul. Altas montuñas moradas miraban desde arriba las selvas de cactus.

Pronto, los jabalíes llegaron a un lugar donde el camino se dividía. Cada uno tomó un camino diferente.

ONCE UPON A TIME, way out in the desert, there were three little javelinas. Javelinas (ha-ve-LEE-nas) are wild, hairy, southwestern cousins of pigs.

Their heads were hairy, their backs were hairy, and their bony legs—all the way down to their hard little hooves—were very hairy. But their snouts were soft and pink.

One day, the three little javelinas trotted away to seek their fortunes. In this hot, dry land, the sky was almost always blue. Steep purple mountains looked down on the desert, where the cactus forests grew.

Soon the little javelinas came to a spot where the path divided, and each one went a different way.

El primer jabalí siguió caminando, despreocupado y sin apuro. No vio el remolino de una tormenta de tierra que atravesaba el desierto—hasta que lo alcanzó.

El remolino pasó y lo dejó sentado sobre un montón de arbustos rodantes. Entonces se levantó y, sacudiéndose el polvo, dijo:

—Me voy a hacer una casa con estos arbustos.

—Y así lo hizo.

The first little javelina wandered lazily along. He didn't see a dust storm whirling across the desert—until it caught him.

The whirlwind blew away and left the first little javelina sitting in a heap of tumbleweeds. Brushing himself off, he said, "I'll build a house with them!" And in no time at all, he did.

En eso apareció un coyote. Corría por el desierto, rápido y silencioso, casi invisible. En realidad, éste era sólo uno de los muchos trucos del coyote. Se rió cuando vio la casa hecha con arbustos y olió el jabalí adentro.

"¡Mmm! ¡Un jabalí tiernito y jugoso!", pensó. Estaba cansado de comer ratones y conejos.

Then along came a coyote. He ran through the desert so quickly and so quietly that he was almost invisible. In fact, this was only one of Coyote's many magical tricks. He laughed when he saw the tumbleweed house and smelled the javelina inside.

"Mmm! A tender juicy piggy!" he thought. Coyote was tired of eating mice and rabbits.

Coyote dijo, con voz dulce:

—Jabalí, mi lindo jabalí, déjame entrar.

—¡Ni por las cerdas de mi bar, bar, barbilla! —gritó el primer jabalí (quien tenía un montón de cerdas en su bar, bar, barbilla).

—¡Entonces voy a soplar y resoplar y tu casa derrumbar! —dijo Coyote.

He called out sweetly, "Little pig, little pig, let me come in."

"Not by the hair of my chinny-chin-chin!" shouted the first javelina (who had a lot of hair on his chinny-chin-chin!)

"Then I'll huff, and I'll puff, and I'll blow your house in!" said Coyote.

Y Coyote sopló y resopló, y la casa de arbustos rodantes derrumbó.

Pero con todo el revoltijo, el pequeño jabalí se escapó, y salió corriendo en busca de su hermano y de su hermana.

Coyote, que era muy taimado, lo siguió de lejos sin hacer ruido.

And he huffed, and he puffed, and he blew the little tumbleweed house away.

But in all the hullabaloo, the first little javelina escaped—and went looking for his brother and sister.

Coyote, who was very sneaky, tiptoed along behind.

El segundo jabalí caminó y caminó entre los gigantescos cactus saguaros que mostraban orgullosos sus frutas rojas. Pero los saguaros casi no daban sombra y él tenía cada vez más calor.

En eso, el pequeño jabalí se encontró con una mujer que estaba recogiendo palos de dentro de un saguaro seco. Con estos palos, llamados costillas de saguaro, quería hacer caer la dulce fruta de los cactus.

El segundo jabalí le dijo:

—Por favor, ¿podría darme unos palos para hacer una casa?

—Ha'u —dijo la mujer, que quiere decir "sí" en el idioma de la gente del desierto.

The second little javelina walked for miles among giant cactus plants called saguaros (sa-WA-ros). They held their ripe red fruit high in the sky. But they made almost no shade, and the little javelina grew hot.

Then he came upon a Native American woman who was gathering sticks from inside a dried-up cactus. She planned to use these long sticks, called saguaro ribs, to knock down the sweet cactus fruit.

The second little javelina said, "Please, may I have some sticks to build a house?"

"*Ha'u,*" (ha-ou) she said, which means "yes" in the language of the Desert People.

*Cuando el jabalí terminó de hacer su
casa, se acostó a descansar a la sombra.
Luego llegó su hermano, muerto de calor,
y el dueño de la casa le hizo un lugarcito.*

When he was finished building his
house, he lay down in the shade. Then
his brother arrived, panting from the
heat, and the second little javelina
moved over and made a place for him.

Al poco rato, Coyote encontró la casa hecha con costillas de saguaro. Con su habilidad de artista, Coyote hizo que su voz sonara como la de un pequeño jabalí.

—¡Jabalí, mi lindo jabalí, déjame entrar! —dijo Coyote.

Pero los jabalíes tenían sus sospechas. El segundo jabalí le gritó:

—¡No! ¡Ni por las cerdas de mi bar, bar, barbilla!

"¡Bah! —pensó Coyote—. Lo que me voy a comer no son tus cerdas".

Y entonces dijo, con una sonrisa que mostraba todos sus afilados dientes:

—¡Voy a soplar y resoplar y tu casa derrumbar!

Pretty soon, Coyote found the saguaro rib house. He used his magic to make his voice sound just like another javelina's.

"Little pig, little pig, let me come in!" he called.

But the little javelinas were suspicious. The second one cried, "No! Not by the hair of my chinny-chin-chin!"

"Bah!" thought Coyote. "I am not going to eat your *hair.*"

Then Coyote smiled, showing all his sharp teeth: "I'll huff, and I'll puff, and I'll blow your house in!"

So he huffed, and he puffed, and all the saguaro ribs came tumbling down.

Y Coyote sopló y resopló, y la casa de costillas de saguaro derrumbó.

Pero los dos pequeños jabalíes se escaparon al desierto.

Sin perder el ánimo, Coyote los siguió. A veces sus trucos no funcionaban, pero siempre se le ocurría alguno de nuevo.

But the two little javelinas escaped into the desert.

Still not discouraged, Coyote followed. Sometimes his magic did fail, but then he usually came up with another trick.

La jabalinita a su vez, caminó bajo unos hermosos árboles llamados palo verde, de troncos verdes y flores amarillas. Vio una víbora que pasaba deslizándose, fluida como el aceite. Un halcón flotaba en el cielo, dando vueltas arriba de ella. En eso, la jabalinita llegó a un lugar donde había un hombre que estaba haciendo ladrillos de adobe con paja y barro.

La jabalinita pensó por un momento y dijo:

—Por favor, ¿podría darme unos ladrillos de adobe para hacer una casa?

—Yes —le contestó el señor, que como saben, quiere decir "sí" en inglés.

The third little javelina trotted through beautiful palo verde trees, with green trunks and yellow flowers. She saw a snake sliding by, smooth as oil. A hawk floated round and round above her. Then she came to a place where a man was making adobe (a-DOE-be) bricks from mud and straw. The bricks lay on the ground, baking in the hot sun.

The third little javelina thought for a moment, and said, "May I please have a few adobes to build a house?"

"Sí," answered the man, which means "yes" in Spanish, the brick-maker's language.

*Así fue como la jabalinita se hizo una sólida casita de adobe, fresca
en verano y caliente en invierno. Cuando sus hermanos la encontraron,
ella les dio la bienvenida, los hizo entrar y cerró la puerta.*

Pero Coyote les había seguido el rastro.

So the third javelina built herself a solid little adobe house, cool
in summer and warm in winter. When her brothers found her, she
welcomed them in and locked the door behind them.

Coyote followed their trail.

—¡Jabalinita, mi linda jabalinita, déjame entrar! —dijo Coyote.

Los tres pequeños jabalíes miraron por la ventana. Esta vez, Coyote parecía muy viejo y débil, sin dientes y con una pata lastimada. Pero no los engañó.

—¡No! ¡Ni por las cerdas de mi bar, bar, barbilla! —le contestó la jabalinita.

—¡Entonces voy a soplar y resoplar y tu casa derrumbar! —dijo Coyote. Y sonrió, pensando en la deliciosa cena de cochinitos salvajes que se iba a comer.

—¡Pues, prueba! —le gritó la jabalinita.

Y Coyote sopló y resopló, pero la casita de adobe ni se movió.

Coyote hizo un segundo intento.

—¡VOY A SOPLAR Y A RESOPLAR, Y TU CASA DERRUMBAR! —gritó.

Los tres pequeños jabalíes se agacharon y se cubrieron las orejas. Pero no pasó nada, y entonces fueron a espiar por la ventana.

"Little pig, little pig, let me come in!" he called.

The three little javelinas looked out the window. This time Coyote pretended to be very old and weak, with no teeth and a sore paw. But they were not fooled.

"No! Not by the hair of my chinny-chin-chin," called back the third little javelina.

"Then I'll huff, and I'll puff, and I'll blow your house in!" said Coyote. He grinned, thinking of the wild pig dinner to come.

"Just try it!" shouted the third little javelina. So Coyote huffed and puffed, but the adobe bricks did not budge.

Again, Coyote tried. "I'LL HUFF . . . AND I'LL PUFF . . . AND I'LL BLOW YOUR HOUSE IN!"

The three little javelinas covered their hairy ears. But nothing happened. The javelinas peeked out the window.

La punta de la raída cola de Coyote pasó frente a las narices de los tres pequeños jabalíes. Coyote estaba subiéndose al techo metálico. Luego, con uno de sus trucos, Coyote se volvió muy flaquito.

—¡La chimenea! —exclamó la jabalinita. Rápidamente, fue y encendió el fuego en la estufa de leña.

"¡Qué banquete me voy a dar! —pensó Coyote, mientras se metía por la chimenea—. ¡Me parece que me los voy a comer con una salsa picante de chiles!"

¡Uusss! ¡Chirrr!

The tip of Coyote's raggedy tail whisked right past their noses. He was climbing upon the tin roof. Next, Coyote used his magic to make himself very skinny.

"The stove pipe!" gasped the third little javelina. Quickly she lighted a fire inside her wood stove.

"What a feast it will be!" Coyote said to himself. He squeezed into the stove pipe. "I think I'll eat them with red hot chile sauce!"

Whoosh. S-s-sizzle!

Enseguida, los tres pequeños jabalíes oyeron un ruido increíble. No era un ladrido. Ni un alarido. Tampoco era un aullido. Era todos esos sonidos juntos.

—¡Aa

    aay

      aaay

        Aaaayyyyyyyyyyyyyyyyyyyyyyyyyyyy!

Y vieron salir corriendo una nube de humo con forma de coyote.

Then the three little javelinas heard an amazing noise. It was not a bark. It was not a cackle. It was not a howl. It was not a scream. It was all of those sounds together.

"Yip

    yap

      yeep

        YEE-OWW-OOOOOOOOOOOOO!"

Away ran a puff of smoke shaped like a coyote.

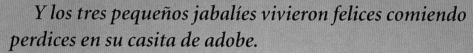

Y los tres pequeños jabalíes vivieron felices comiendo perdices en su casita de adobe.

Y si tú alguna vez escuchas aullar a Coyote a lo lejos, bueno, ¡ya sabes de qué se está acordando!

The three little javelinas lived happily ever after in the adobe house.

And if you ever hear Coyote's voice, way out in the desert at night . . . well, you know what he's remembering!

UN COMENTARIO SOBRE EL CUENTO

Además de la fábula clásica europea-americana mis fuentes de información incluyen muchas fábulas de coyotes contadas por los indios del sudoeste, especialmente aquellas de los Tohono O'Odham, (to-jo-no O-Ohtam) o el pueblo del desierto, antes conocido como la tribu pápago, del sur de Arizona y el norte de México. En estos cuentos, el coyote es un burlador y un bromista pero muchas veces los otros animales le demuestran que son más astutos que él.

El escenario de este cuento es alrededor de la reserva de Tohono O'Odham, cerca de Tucson, Arizona a principios del verano. Durante esta temporada, la flor del saguaro empieza a dar fruto, los Tohono O'Odham cosechan la fruta por medio de golpes con palos largos que se llaman costillas del saguaro, que son los "esqueletos" del gigantesco saguaro que se ha caído. (La fruta aún se usa para preparar un vino sagrado para la cermonia anual de la lluvia.) También es una buena temporada para ver remolinos de tierra, nubarrones, y pequeños e inatractivos jabalíes que parecen barras de pan sobre pezuñas.

Las casas de los cochinitos en este cuento también reflejan el tema del sudoeste: los Tohono O'Odham tradicionalmente construían refugios provisionales de maleza así como casas más permanentes de lodo y varas, y ramadas (techos sin paredes) que se usan para dar sombra. Casas de adobe, construidas con adobes de la región y rematadas con un techo metálicó, todavía se usan en el sudoeste.

En este cuento, he intentado usar toda esta información geográfica y cultural de una manera sutil. El escenario podría ser cualquier lugar árido del sudoeste donde los jabalíes, los coyotes, los arbustos rodantes, los cactos y las casas de adobe se encuentran—que incluye partes de Texas, Nuevo México, Arizona, y California, así como el norte de México.

A NOTE ON THE STORY

Besides the classic European-American tale, my sources include the many Coyote fables told by southwestern Indians, particularly those of the Tohono O'odham, (toe-HO-no O-OH-tam) or Desert People (formerly known as the Papago tribe), of southern Arizona and northern Mexico. In these stories, Coyote is always a laugher and a trickster who is frequently outsmarted by the other animals.

The setting for this story is the vicinity of the Tohono O'odham Reservation, near Tucson, Arizona, in early summer. At this time of year, the saguaro cactus flowers start to bear fruit, which the Tohono O'odham harvest by knocking them down with long sticks, called saguaro ribs, the "skeletons" of the fallen giant cacti. (The fruit is still used to brew a sacred wine for the annual rain-making ceremony.) It's also a good season to see dust storms, thunderheads, and baby javelinas looking like homely, hairy loaves of bread on hooves.

The pigs' houses in this story fit the southwestern theme as well: the Tohono O'odham traditionally built temporary brush shelters, as well as more permanent homes of sticks and mud, and ramadas (roofs without walls) just for shade. Mud adobe houses, built with local adobes and topped with tin roofs, are still in use across the Southwest.

In this story, I have tried to handle all this geographical and cultural material with a light touch. The setting could really be almost any dry southwestern area where javelinas, coyotes, tumbleweeds, cacti, and adobe houses are found—which includes parts of Texas, New Mexico, Arizona, and California, as well as northern Mexico.

SOBRE LA AUTORA/ABOUT THE AUTHOR

Susan Lowell pasa su tiempo en Tucson, Arizona, y en un pequeño rancho en el desierto donde puede ver los jabalíes y los coyotes desde su ventana.

Susan Lowell spends part of her time in Tucson, Arizona, and part of it on a small ranch in the desert where she is able to watch javelinas and coyotes from her windows.

SOBRE EL ILUSTRADOR/ABOUT THE ILLUSTRATOR

Jim Harris vive con su esposa, Marian, y sus tres niños al final de un camino campestre en Mesa, Colorado. Ha sido un ilustrador profesional desde 1981.

Jim Harris lives with his wife, Marian, and their three children at the end of a dirt road near Mesa, Colorado. He has been a professional illustrator since 1981.